Herstellung und Verlag: BoD – Books on
Demand, Norderstedt
ISBN: 9783756202638

DOWNFUCK!
Nachwurf

Vorwort

Manchmal bleibt einem nur
das Lernen an Geduld
zu pflegen
und der Zeit sein Vertrauen
in die Hände
zu legen

SCHREIBÜBERSICHT – KAPITEL EINS

Altbekannte Leiden des Autors D. 7

Bewunderung 9

Falsche Ansätze 14

Der/Die Tote 17

Des Lebens Gewissenstreff 18
mit Untertiteln

Was auf der Seele brennt 23

X 24

Alles im Kopf... und an einem Tag! 25

Ich will nie sein wie ihr! 28

Impf-Aktion:BOOSTER 29

Lorbeerblätter 31

Schwer 33

Altbekannte Leiden des Autors D.

Seit Wochen geht's mir beschissen, es sind schon Monate. Die Depression bringt Schwere auf Körperteile, Glieder, der Kopf ist so randvoll ohne Pause – ohne klaren Gedanken fassen zu können, wird er immer und immer mehr Schrott und Sondergleichen beladen!

Verkrampfungen und teils anfallartige Symptome treten mittlerweile auf. Mein Kopf ist in der hinteren Region, in der hinteren Hälfte sehr stark am Kribbeln! Ich bin unausgeglichen, überfordert. Tagtäglich schreibe ich diese Scheiße auf, die ich selbst leider erlebe und selbst nicht mehr lesen will und kann!

Ich ertrage nur noch alles und dies wiederum ist mein abgefucktes Problem! Ich gehe wieder mal bis zum Äußersten und übers Limit hinaus! Das Schlimme an allem neben dem psychischen Leiden, dem Ertragen und den körperlichen Symptomen ist nach wie vor das UNVERSTANDEN zu sein!

Immer im Funktionsmodus
Tagein und tagaus!
Wie viele Tage vergeudet und in Gedanken
verträumt!?
Jede Chance meines Lebens – nicht
geistesgegenwärtig, alles versäumt!

Für so vieles habe ich mit Herz und Seele
bezahlt! Kummer, Trauer, Sorgen und Leid
seit je her Begleiter meiner Gegenwart aus
der längst schattenlangen Vergangenheit!
Gelebt und gelebt und letztendlich niemals
auch nur irgendwo angekommen!

Die Zeit sie tickt runter, ich stehe wie
erstarrt, versteinert am Beginn, doch hat es
alles schon längst begonnen!
Ich bin innerlich im so im Arsch! Jeden Tag
überkommt mich das Gefühl; „Ich ertrage es
nicht mehr"! Noch ein Stein auf den
Problemturm und das wars!

So knalle ich wieder depressive Reime
ungewollt zu Papier –
Doch weiß ich selbst, was bleibt denn anderes
übrig mir!?
Ich halte es an diesem beschissenen
Arbeitsplatz nicht mehr aus!
Ich weiß nur ich muss da weg,
ich muss fort und muss da raus!

Bewunderung

Ich bewundere und beneide all jene,
Menschen, Künstler und Schaffende – die ihre
Depressionen leben, ertragen, verkörpern
können in Form von Musik, Bildern, in Kunst
aller Art und die damit noch Geld verdienen!
Hut ab!

Das Schlimme an den depressiven Zuständen
und der ganzen Depression ist, nicht die
Gewissheit, dass man diese Fucking Krankheit
hat, es ist die Anstrengung um die ständige
Vorsorge für Fürsorgepflicht, der eigenen
Psyche, und zwar akribischer, extremer,
penibler und feinfühliger als andere Menschen
es eben tun müssen!
Dennis D. Doitsch, Winter 2022

Am gestrigen Arbeitstag hatte ich dermaßen
Herzstechen, Beklemmung – eine regelrechte
anhaltende Tages-Attacke! Der Konflikt mit
einem Mitarbeiter, einem widerwärtigen
Kollegen und dazu noch arbeitsbedingter
Stress, Hektik und Druck! Mein Kopf ist
ohnehin schon sehr stark überladen! Mir
kommen da die Gedanken, dass ich die
Menschen beneide, die ihre Depressionen
einfach ausleben können.

Ich hingegen funktioniere unter den bittersten Umständen und Bedingungen, bis über meine Grenzen schieße ich mich jedes Mal übertrefflich ab!

Der eigene Anspruch, äußere Einflüsse und Erwartungen und zuletzt natürlich all entscheidende Krafteinwirkung der finanzielle Aspekt! Das stinkende, verschmierte, dreckige, beschissene GELD!

Mit solch derartigen Attacken, Herzstechen, wenn es richtig hitzig und heiß am Herz wird und Schwindel und Ohnmacht hinzu eintreten, mit diesem krassen Gefühl, als ob man gleich von der Stelle kippt arbeiten zu müssen, ist wie ein Todeskampf! Den ganzen Tag war mein Herzstechen, diese Verkrampfung, diese verfickte Beklemmung da! Dazu noch dieses permanente Kribbeln im hinteren Schädelbereich!

Schwindel kam vermehrt hinzu! Ich hatte das Gefühl, dass ich echt jeden Moment ins Jenseits trete!

Momentan fehlt mir die Erdung!
Der feste Boden!
Beladen mit Gedanken und Problemen, privat kommt noch hinzu der Stress und der

strömende reißende Fluss vom
Arbeitspensum!
Ich bin momentan ein reines Wrack!
Ich bin sowas von im ARSCH!

Die Gedankenspirale und das Missempfinden
werden immer stärker! Und ich bekomme
keine Luft mehr! Alles reißt mir den Boden
unter den Füßen weg!
Nichts ist mehr sortiert!
Nichts ist mehr in Ordnung, aber keiner
außer mir;
Fühlt es! Sieht es! Spürt es!
Es ist als, ob doch schon längst gestorben bin!
Ich führe ein totes Leben!

Kein Durchatmen mehr!
Sorgen und Kummer vermehren sich sehr!
Trauer und Leid zehrt an mir!
Da ist kein Ausweg, kein verdammtes
Entkommen! Ich sterbe des Lebens hier!
Keiner fühlt es!
Keiner weiß es!
Keinen interessiert es!
Ich sterbe, wie ich geboren wurde, allein!

Dieser tägliche Input!
Druck, Stress und Scheißdreck!
Er drückt, drückt, drückt und drückt!
Der Atem stockt, es verwest jedes Glück!

Die Geister und die Dämonen, auch sie
fürchten sich mittlerweile!
Denn geht's an mein Leben, so reißt auch ihr
Strick, ihre Leine, es geht an mein Leben –
Genauso wie, an dass ihre, des Geistes, des
Dämon seine!

Frust und Wut, Frust und Wut entstehen u.a.
sehr durch meinen verdammten Arbeitsplatz!
Hier verwalte ich Menschen für Kurs-
Maßnahmen, die unregelmäßig und
unentschuldigt fehlen! Manche bringen
einfach ein ärztliches Attest – und ich!?

Ich, der selbst psychisch kaputt gespielt
wurde, ausgenutzt und verheizt wurde, der
überfordert wird und ist – und an
Depressionen leidet und erkrankt ist, ich leide
und darf diesen Personen noch allen Dreck
machen, sie im System einpflegen und ihre
Sachen bearbeiten für nix und wieder nix!

Leute, die keinen Bock haben, auch nur in
einer Weise irgendetwas zu tun! Die aber
reichlich Leistungen von zuständigen Ämtern,
Behörden und Instanzen beziehen!
Und die letztendlich mein verdammtes
Steuergeld kassieren, welches ich selbst
gebrauchen könnte!!! DOWNFUCK!

Ich kann es nicht mehr abgrenzen! Es frustriert, es kotzt mich dermaßen an!

Ich quäle mich hier jeden Tag durch dieses verschissene Formular- und Antragswesen! Boxe und schlage mich durch die verfickte Dichte des Anträge-Waldes, während die, die keinen Bock haben, morgens ausschlafen, am Tag Zeit für sich haben und nix tun – einfach zu Hause sitzen und auf meine Kosten finanziert werden!!!

Ich mach hier für Vati-Staat kaputt, ich Idiot in der Arbeiterklasse, der mit vielen anderen Millionen des Landes, den verfickten Laden am Laufen hält! Für diese ignoranten und verlausten Personen, die auf meinem Buckel Partys feiern!

Falsche Ansätze

Ich beschreibe mein Leid, die Qual, den
Kummer, die Sorgen. Den Zustand von jedem
bekannten und vertrauten, immer
wiederkehrenden Morgen!
Anders denken, anders fühlen, andere Ansätze
muss ich schaffen!
Die Welt ist vergiftet mit Nachrichten, ich
merke was sie mit uns machen!

Man bekommt das Negative eingetrichtert!
Man wird geimpft! Negativ getrimmt!
Nichts, was einen mehr hier positiv stimmt!
Weil die Gewohnheit negativ erklingt!
Also so muss ich mich bemühen, das Gute und
Positive zu blicken!
Die Kraft und den Antrieb stützen, mein ICH
und das Wunder beschützen!

Das Innerliche sorgfältig sortieren, es fällt
mir schwer in diesen Tagen
Weil Gedanken verschmieren, in den
Tatsachen, die sich ergaben!
Also wie auf Schmierpapier verbreiten sich
die Gedanken in mir, sie spinnen Fäden,
wollen weitere Gedankengänge einfädeln,
alles muss ich erwägen

Um mich unsortiert, unstrukturiert weiter
ruinieren zu lassen –
Ohne Pause, ohne Ruh und Rast, ohne jemals
festen Halt zu fassen!
Ich bin gefesselt an einen beschissenen
Arbeitsplatz!
An diesem, wo vorne und hinten nichts
zusammen geht!
Wo meine Psyche, mein Inneres im
Nervenkarussell überdreht!

Dieser Platz, fördert Hektik und Stress!
Auch die Nervosität!
Ein Platz an dem man sich selbst fürs
Begräbnis das Loch sich gräbt!
Wie bleibe ich, relativ gesund!?
Wie gehe ich mit dem Mist und Krempel um!?
Man benötigt das beschissene Geld!?
Was brauche ich wirklich, hier auf dieser
Welt!?
Brot und Wasser, Stift und Papier!
Mein Leben erfüllt, das sage ich dir!

FRUST → WUT → VERZWEIFLUNG →
DEPRESSION → STÖRUNG VERHALTEN:
-Essen
-Gedanken
-Gefühle
-Ängste
-Panikattacken

- Schlafen
-Körper
-Gesundheit

Alle Symptome zeitgleich vorhanden!?

Prävention gegen Depression!
Schöne Worte und nix dahinter...!

Der/Die Tote

Ihn oder sie hat das Ableben erreicht!
Er oder sie ist abgetreten, hat den Erdboden
verlassen! Ob zu glauben oder man kann es
nicht fassen!?
So wird nun mit weisen Engelszungen
gesprochen und es werden gute Worte
verloren!
Gespielte und heuchlerische Sätze die den/die
Tote noch unter die Erde begleiten sollen!

Sätze, die nicht ehrlich gemeint sind, mit
Floskeln und Hintergedanken gerichtet sind
und in keiner Art und Form gefühlt werden!
Das übliche Standardprozedere!
Standard von der Kette, bitte!
Der/die Tote kann sich ohnehin nicht mehr
wehren! So gibt's kein Eingreifen von des
Totenseite! Also wird wie vom Apparat die
Rede aufgesetzt und dann emotionslos
durchgehauen!

Widmung, Erwähnung, Leitsatz!
Alles nur Phrasen, leere Worte, nichts als Luft
die verpufft! All die nichtssagenden Worte
werden gesagt und ausgesprochen,
heuchlerisches Beileid wird verkündet...
Nach dem Beisetzen des/der Toten!

Des Lebens Gewissenstreff

Ist das Leben denn schon im Detail
vorherbestimmt und gezeichnet?
Stehen all die Abläufe fest und werden wir
alle einfach nur ausgelost, ausgewählt,
ausgewürfelt!?

Mit meinen Lebensjahren hinterfrage ich
schon so lange Zeit, fast mein Leben lang all
diese Dinge! Es treten Menschen in mein
Leben, die ähnliche Situationen,
Schicksalserlebnisse und Erfahrungen
machten wie ich und meist sind sie noch
härter und krasser dran als ich es schon bin!

Ich trage auch mein seelisches Leid durchs
Leben! Aber immer wieder, wenn ich
Menschen kennenlerne, die auch harte
Schicksale hinter sich haben, dann höre ich
andere Menschenstimmen in meinem Kopf
nachhallen! Jene die mir einst sagten; „Sei
froh und glücklich, dass es dir so geht, dass
du so aufgewachsen bist, es gibt Menschen
denen geht es noch schlechter, als es dir
geht"!

Schlechtes Gewissen platziert sich zu meinem Unwohlsein! So sind die beiden gemeinsam nicht mehr, ganz so allein!

Untertitel: Downfuck!
Herzschmerz! Herzstich!
3. Tag in Folge, doch ich bringe auch dich hinter mich!
Atem stockt, ich ringe um Luft!
Bitter riechst du, bitterer Todesduft!
Verkrampfung auf der Brust, am Herz, mir ist der Tod verdammt nah! Heiß das Herz, krasser Schmerz!

Alles von mir Geschriebene – gefühlt und erlebt! Auf Haut, Herz und Zunge, im Munde das Wort mir liegt!
Und irgendwann, werde ich mit Gott sprechen, einen Kaffee trinken und wir werden über mein gesamtes Leben lachen!
Lautstark! So dass man es bis auf der Welt Erde erhört!
Wir werden lachen über die verkorksten und Irr-Wege, all meine missratenen Sachen!

Mir ist es todernst! Mit einem Hauch versehen an Ironie!
Nur der Dichter versteht seine hier verfasste Poesie!

Untertitel: Arbeitstag

Welch ein chaotischer, hektischer Arbeitstag!
Alles mal wieder kreuz und quer und wild im
Verlauf! Das Herz es sticht und klemmt, wild
pendelt der Herzschlag aus!
Dieser Arbeitsplatz, dem ich nichts
abgewinnen kann! Ständig kommt ein/e
andere/r Herr/Frau von und zu hier an!

Man stochert in allerlei Fällen herum,
schlussendlich herrscht ein heilloses
Durcheinander und nix kommt bei rum!
Anträge hier, Bescheide dort! Herz ist wund,
der Schmerz fliegt nicht mehr fort! Ich drehe
innerlich längst am Rad! Ich durchlebe meine
eigene innere Höllenqual!

Eines Tages so gibt's den Schlag! Ich kippe
aus den Socken! So steht nach diesem Tag,
aber vorher schon in meinen Büchern Grund
für Grund gegliedert, als Nachschlagewerk
meine ganze Lebensqual! Und die Moral von
aller Geschichte, geholfen hat mir niemand!
Nein! Ich gehe lediglich als Barcode-
Kennzahl!

Untertitel: Erfolgreich arbeiten

In der Hotline Warteschlange spricht eine automatische Bandansage mit vertröstenden Worten „Wir entschuldigen unsere derzeitigen technischen Umstellungen" „Sobald freie Mitarbeiter bereit sind, werden wir sie weiterleiten"...

Hinzu kommen noch etliche Internetseitenverweise und Links, auf die man reagieren soll. um ggf. eine „schnellere" Bearbeitung oder Informations-Auskunft zu erhalten.

Nach dieser ausführlichen Programmabarbeitung und dem Informations-Input, verweist dann die freundliche programmierte Sprachansage nach ausgewählten und in der Leitung gehaltenen 5 Minuten – noch darauf; auf welchem Rang man sich in der Warteschleife doch aktuell befände.

Dies beschleunigt aber jedoch nicht, aber auch leider in keiner Weise den ganzen Vorgang! Als Outro, also als epischer Abspann der Ansage, folgt noch die Bitte -NICHT AUFZULGEGEN-, da man gleich verbunden wird...

Zum Auflegen hat man, abgesehen von der Möglichkeit auch gar keine Zeit, denn nach Bruchteilen einer Sekunde, wird man nach der epischen Ansage, fast wie dramatisch eines postapokalyptischen Auftrags, eines Jobs nach ca. 7 Min nämlich aus der Leitung gekickt!

So geht erfolgreiches Arbeiten also!?
Guten Tag!

Untertitel Outro: Hypergalaktisch
Andere Menschen, sie kümmern sich nach der Arbeit noch um allerlei wie Garten und Haus! Müsste ich dies auch noch tun, nach solch beschissenen und herzzerreißenden Tagen, ich glaube so flippte ich aus!

Mir reicht es schon in der hektischen, stressigen, kollabierten, hypergalaktischen Schnelllebigkeit! Weil einem ohnehin, hier Zeit zum Leben kaum doch bleibt!

Was auf der Seele brennt

Im Sand verlaufen, dort endet immer das
Nichts! Überflüssig, nicht zu ergreifen, kein
Funken für eine Flamme, keine Chance des
Lichts! Und wir denken immer und alle zu,
unser Leben es ist ewiglich, wir planen und
terminieren, als lebten wir alle unendlich,
unsterblich – doch alles findet irgendwann
sein Ende, letztendlich!

So schreibe ich, einfach mal heraus, ohne
Zusammenhang und ohne festes Heim und
Haus, alles raus – was mir auf der Seele
brennt! Die Luft wird dünn und die Luft sie
brennt, weil es wieder mal an allen Ecken und
Enden klemmt, alles nix Neues, es ist so wie
man es kennt, so wie man eben halt das Kind
beim Namen nennt!

Jeden Tag fahren 1000 Züge durch dieses
Leben Passagiere, die den Zug betreten und
auch verlassen, Richtungen, in die wir gehen,
wie stark die Winde uns auch um die Ohren
wehen, Stürme die fegen, wie oft stehen wir
im Regen!? So schreibe ich, einfach mal
heraus, ohne Zusammenhang und ohne festes
Heim und Haus, alles raus – was mir auf der
Seele brennt!

X

Die Sache mit dem X, das X auf der Seite – auf
dem Seitenverzeichnis, welches so viel
bedeutet wie ein Gleichnis, Gleichnis
gezeichnet mit einem Bleistift, steht da dieses
X – von hoher Bedeutung, oder bedeutet es
etwa nix!?

Ein X oder ein Kreuzchen, Kreuzchen setzen,
Kreuzchen machen, Kreuzchen im Kalender
und auf 100.000 Sachen! Kreuzchen setzen
hinter Dinge, die wir schaffen! Alles was wir
tun und machen, ob drei Kreuzchen oder das
X, - das X da ist es, in dem Fall als
Seitenverzeichnis!

Ein Satz mit X, das war wohl nix!
Erledigt oder nicht, Lücke oder X
$Y=X^2$ - Zum X-ten Male er und sie schon fragt
X_1, X_2, X_3, X_4 – nix, nix, nix, das sage ich dir!
Verflixt und zugenäht, angefixt und anvisiert
Keine Chance auf, der nix probiert, weil mit
nix, nicht viel passiert, denn nix ist nicht viel!
Nix ist weniger als wenig, geringer nix ist nix
und das ist fix, kein rütteln und kein
schütteln, nix ist nix und tust du nix, bleibt
nix immer nix, es ist wie es ist, es ist fix!

Alles im Kopf... und an einem Tag!

J A N U A R 2022

Vormittag

Warum fühle ich mich so verloren? Immer weit abseits der Gesellschaft! Fern der Zeit und Menschheit! Ich wandle durch die Gegend, komme aus dramatischer Vergangenheit, ich betrete neue Wege mit großer Hoffnung, so durchreise ich, eine magische Zeit!

Es ist alles in meinem Kopf! Es hängt und klemmt in der Seele tief und fest, das Geschwür Depression, es nichts als Leere, Schmerz und Trauer hinterlässt! Ich kann hier nicht leben in dieser Form und Gestaltung, so schreibe ich immer und immer wieder leider depressive Reime, weil ich leide!

Alles wegen Job und Geld! Daraus aus diesem Gedankenzwang besteht diese ganze beschissene Welt! Gedanken drehen, drehen und sie kreisen, sie drehen durch! Ich möchte wieder abtauchen in meine lyrische Weite, ins Reimgedicht an des Dichter-Wortes Seite!

In dieser Ferne mich befinden, dort sein und bleiben! Mit dem Wellengang, über des Ozeans Unendlichkeit treiben!

Nachmittag

Gedanken sacken, setzen sich fein, nehmen Platz und sie reihen sich ein! In diesem angenehmen Samstagsgefühl um 17:30 Uhr in anbrechender Dunkelheit, so sitze ich hier und schaue raus auf die beleuchtete Straße der Stadt.

Diese fürs Wohlbefinden beitragende Lichterketten-Atmosphäre in dieser Bar, lädt ein zum: -In Gedanken versinken und zum Träumen- einfach auf dem Blatt Papier zu verfasse, was Herz und Seele und der Kopf gerade wahrnimmt!
Gerade, so spüre ich, ist wieder die Stunden des Dichters, Denkers, Autors. Innere Stürme und Starkregen halte ich irgendwie im Zaum!

Freie Gedanken, dieses Wochenend-Entspannungsgefühl bietet wieder Raum, für jeden noch so erdenklich schönen Traum! Märchenhaft und traumhaft schön spinnen meine Gedanken wieder Momente zu einem Universum zusammen. Dieses kann mir die Realität nie und nimmer auch nur, ansatzweise so gestalten! Traum

Und Vision werden wahr in einer einzigartigen Konstellation in meiner Person! Mit dem letzten Schlückchen Cappuccino in der Tasse, schreibe ich die Abschlusszeile dieses Textes. ich schreibe es auf dem Papier sorgfältig nieder.

Ich schlendere sogleich zum Auto und träume des Weges zu diesem noch entspannt und ruhigatmend, bis mich an der Autotür, beim Öffnen dieser, wieder die Realität – der kalte Januar des Winters einholt!

Welch ein Depri-Traumgemisch!

Ich will nie sein wie ihr!

Ich hatte harte Zeiten, schlechte Phasen
Viel Ballast, den ich mit mir trage!
Gegen diese Gesellschaft, die einen in den
Wahnsinn treibt, bleibt mir nur mein heiliges
Mittel, dass ich diese Zeilen zur Bewältigung
schreib'

Ich brauche nicht viel an Hab und Gut! Papier
und Stift, dazu Zeit und Ruh' und ich verfasse
hier an Ort und Stelle, dir das nächste Buch!
Mehr brauch ich in meiner Berufung nicht!
Dann geht's mir gut! Die verlogene Sippschaft
da oben, die sich seit Anbeginn der Zeit doch
immer schon betrogen und bereichert haben!
Eure Abartigkeit wächst und mutiert bis zur
gnadenlosen Explosion, mit jeder eurer Tage!

Lieber fresse ich mit den Ratten aus derselben
Futter-Schale als wie, dass ich am Tisch des
Gremiums ganz da oben sitze! Ich drücke aus,
was ich zu sagen habe!
Man könnte meinen, ich schreibe hier ein
Skript für ein Horrorbuch, doch es beschreibt
die Wahrheit, die wohl aber niemand zu
verstehen hier versucht!

Impf-Aktion:BOOSTER

Wieder mal eine wahre Geschichte und ich weiß noch nicht, ob ich diese ironisch oder wutentbrannt hier dichte! Am Samstagnachmittag, also kein Wochentag meiner Arbeitswoche, da fand die großartige Arbeitgeber-Impf-Aktion:BOOSTERN in Deutschland statt!
Was mir danach ja blühe, dachte ich mir schon!

Am Sonntag voller Schmerz und Erkältungs- also Grippe-Symptomen lag ich flach und total im Tran! Doch am Montag wieder auf die Arbeit gehen, na klar!
So betrat ich also die schöne Verwaltung vom Bildungszentrum, schaute mich auch kurz mal um...
Ich Trottel, war der Einzige am Platz, keine Teilnehmenden um mich herum!

Anrufe und Nachrichten die mich erteilten, aber auch nur auf zweiter Strecke, unter der Hand – alle hätten ja Schmerzen und Fieber!
Nur ich, der gutmütige, gewissenhafte und pflichtbewusste Idiot, bin an meinem heißersehnten und tollgeführten Arbeitsplatz im Saftladen mal wieder!

Die vergammeln alle diesen, von mir ohnehin
gehassten Montag schön Zuhause!
Nur ich, der Trottel, nimmt sich nicht den
Montag mit als Arbeitspause!
36 Impfungen durchgeschleust, durchgeboxt –
Im Januar 2022, alle blieben heute Zuhause,
außer der Trottel, der eine, der bin ich!

An diesem Arbeitsplatz staut sich Wut und
Frustration! Denn Teilnehmende, die nichts
verstehen scheinbar oder nicht verstehen
wollen, diese soll ich bedienen! Es steigt der
Pegel jeder Depression!

Lorbeerblätter

Sie wollen alle die Lorbeerblätter, sie wollen
alles haben für geschenkt! Und wer dafür am
Ende bezahlt, ist was sie nicht kümmert,
nicht berührt, weil daran von ihnen nicht
einer auch nur denkt!
Sie haben hier den Boden betreten, jetzt
wollen sie haben, alles was sie sehen!
Sie nehmen sich alles heraus, nach netter
Einladung, vermag es niemand mehr daran zu
denken – zu gehen!?

Sie wollen und sie wollen, aber nicht jedoch
was sie müssen und sollen!
Sie wollen alles sofort und gleich und alles für
lau und dazu all inclusive!
Immer schwerer und schwerer wird gefüllt,
bis zum Untergang das Schiff!

Sie akzeptieren kein: „Geht nicht"!
Denn sie wollen die Lorbeerblätter, nicht
verdeckt im Verhalten, sondern so etwas von
mehr als nur offensichtlich!
Sind sie doch alle unterschiedlich und manche
noch unterschiedlicher! Die Lorbeerblätter,
die will hier jeder! Um jeden Preis wollen sie
ans Leder!

Die Lorbeerblätter, sie halt rosig und so schön
hier blühen, darum sie alle die Wege gehen
durch Land und Felder und über all die
Wiesen sie gehen!
Es wird genommen und genommen! Ohne
auch nur daran zu denken, mal etwas zu
geben! Alles um der Lorbeerblätter wegen,
geht man so leichtfertig um mit allem Leben!

Sorge und Pflicht will von ihnen keiner
tragen! Sie wollen nur die Lorbeerblätter
haben! So frage ich mich, zu keinem Moment,
weil mir zu begreifen nicht schwerfällt, dass
die Welt so ist, wie Welt eben ist!

Es wird gefeilscht, belogen und betrogen!
Wahre Worte werden verdreht und verlogen!
Balken werden gebrochen und verbogen, wer
hält am Ende dann die Lorbeerblätter in die
Lüfte nach oben!?

Schwer

Schwer – ist der Anfang aller Wege
Schwer – ist bekanntlich, immer der erste
Schritt!
Schwer ist es definitiv –
Unmöglich und nicht machbar für jemanden,
der nicht dran glaubt und nichts tun will!
Schwer – fällt die Entscheidung
Schwer – ist es Fuß zu fassen!
Entschlossenheit und Willenskraft wird sich
dies am Ende wirklich bezahlbar machen!?

Ohne klaren Gedanken, ohne einer Lösung im
Sinn, verzweifelt und ratlos, so ist der Stand
um mich! So geht's mir, ich hänge in der
Gedankenschleife so fest drin!
Wird dies hier, was ich verfasse mein letztes
Buch!?
So viele Bände, ich finde einfach kein Ende!
Doch aller Versuch und alle Verzweiflung
bringt mir auch keine Wende!

Schwer – ist die Akzeptanz, dass es mir nicht
gelingen mag!
Schwer – fällt es mir zu ertragen, den ganzen
Scheiß, an jedem neuen Tag!
Wenn ich innerlich nichts ändere, so ändere
ich nichts da draußen!

Alles was in mir herrscht, wird beeinflusst
und getrieben von da draußen!

Momentan fällt mir mein Leben so schwer!
Inhaltslos die Tage, so menschenleer!
Tagein und tagaus geschieht nichts Neues!
Schreib' ich vermehrt dann wieder depressiv,
weiß ich auch, hinterher bereu ich's!
Tagein, tagaus geschieht nichts was zu
meiner guten Laune beiträgt!
Täglich beschissener Job, Kummer und Leid
Mein armes Herz, es sich wund quält!

So sitze ich täglich vor dem Papier!
Frage mich gelegentlich, warum und wie ich
überhaupt noch existier'!?
Da gibt's doch nichts für mich! Klingt genauso
traurig und bitter, wie es eben für mich ist!

Monsters and Nightmares
Monster und Albträume

Deutsche Texte in Originalverfassung mit eigener Übersetzung…

No. 1 Without a crack of light!
Ohne einen Spalt Licht!

No. 2 Vaccine (Dear Lord)
Impfstoff (Lieber Gott)

Monsters and Nightmares
Without a crack of light

Lyrics:
Madness haunts me,
it brings me bad dreams and sleepless nights!
A continuous darkness,
without even a crack of light!

I suffer from heartache
and I wake up every night at 3 o'clock!
Caught in a cage,
I never get free of it, no matter how much I knock!

A thousand voices
spinning in my head from the day!
It's a nightmare!
I am restless on this way!

Everything gets mixed,
the madness and the happiness!
Most of my life, I don`t know
where to put my feelings! It is so hard to being

There are so many dreams
that bother me, they keep me awake for nights!
I can no longer decide between
reality and fiction, life and death!

German:
Der Wahnsinn verfolgt mich,
er bringt mir schlechte Träume und schlaflose
Nächte!
Eine andauernde Dunkelheit,
ohne auch nur einen Spalt von Licht!

Ich leide an Herzschmerz
und ich erwache jede Nacht um 3 Uhr!
Gefangen in einem Käfig,
ich komme niemals davon frei, wie sehr ich auch
klopfe!

Eintausend Stimmen,
die sich vom Tag in meinem Kopf drehen!
Es ist ein Albtraum!
Ich bin ruhelos auf diesem Weg!

Alles vermischt sich,
der Wahnsinn und das Glück!
Die meiste Zeit meines Lebens, weiß ich nicht
wohin mit meinen Gefühlen! Es ist so hart -zu sein-

Es gibt so viele Träume
die mich quälen, sie halten mich nächtelang wach!
Ich kann mich nicht mehr entscheiden zwischen
Realität und Fiktion, Leben und Tod!

Monsters and Nightmares
Vaccine (Dear Lord)

Lyrics:
Dear Lord,
These people are bad,
they explain us
the vaccine for healing medicine!

They are contaminated lies!
I know it, I am sure!
Because I know you
are here, I really believe in you!

I suffer cramps since their vaccinations!
I feel internal changes!
The process is slow
I am not mad, oh no!

They scare us because they sell
Their worry duty as charity, they do not cry a tear!
Their goal of the execution is affirmed with our fear!

My muscles are aching!
Everything inside me screams,
it wasn't right what they did to us!
Now I live in bad dreams!

...and the constraint around the duty
to do the right thing! It was wrong!
But now I carry the devil stuff in me
and no one takes it anymore

My body, my blood,
which you dear God have kept clean for me.
It is now contaminated for all time!
I am damned for the rest of my life,
on your holy ground, I was not strong enough to
deny

Please forgive me, I did it for love not for my own
advantage!

German:
Lieber Gott,
Diese Menschen sind schlecht,
sie erklären uns den Impfstoff für heilende Medizin!

Es sind verseuchte Lügen!
Ich weiß es, ich bin mir sicher!
Denn ich weiß
du bist hier, ich glaube ganz fest an dich!

Ich erleide Krämpfe seit ihren Impfungen!
Ich spüre innerliche Veränderungen!
Der Vorgang verläuft langsam
Ich bin nicht verrückt, oh Nein!

Sie machen uns Angst, denn sie verkaufen
Ihre Sorgenpflicht als Nächstenliebe, sie weinen
keine Träne!
Ihr Ziel der Durchführung, ist bekräftigt mit unserer
Angst!

Meine Muskeln schmerzen mir!
Alles in mir schreit,
es war nicht richtig, was sie mit uns getan haben!

Nun lebe ich in schlechten Träumen!

...und der Zwang um die Pflicht
das richtige zu tun! Es war falsch!
Doch nun trage ich das teuflische Zeug in mir
und niemand nimmt es mehr von mir!

Mein Körper, mein Blut,
welches du lieber Gott mir reingehalten hast
Es ist nun verseucht für alle Zeit!
Ich bin verdammt für den Rest meines Lebens,
auf deinem heiligen Boden, ich war nicht stark
genug mich zu weigern!

Bitte vergebe mir, ich tat es aus Liebe, nicht aus
freiem Willen!

SCHREIBÜBERSICHT – KAPITEL EINS

Worte leicht gemacht   44

Warum bin ich Dichter und Denker!? 46

DOWNFUCK! 48

Vorstellungsgespräch im Antiquariat 51

Dummheit+Unwissenheit
=Gelassenheit & Freiheit   54

Der Kasper-Neuling 56

Besenkammer 58

Besenkammer Teil 2 60

F(u)ckt! 61

Im Käfig 63

Zusätze 67

Worte leicht gemacht

Worte sind leicht gemacht, leicht gesagt,
leicht geschrieben, leicht in den Raum
geworfen, doch was ist am Ende wirklich in
Form und Tat gesetzt, was ist geblieben!?
Es sind Gedanken, Thesen auch Gefühle, die
uns leiten, bewegen, die verspüren,
wahrnehmen und über die wir auch reden!

Zitat und Erfahrung, Erlebnis und
Lebensbejahung! Leben und lernen,
Jahrelange Rede und Antwort aller Befragung!
Redlich verdient oder einfach pures Glück?
Gutes nimmt man an, man fragt nicht mehr
und denkt meist nicht mehr zurück!

Worte sind leicht gemacht!
Im Kopf zusammengesetzt, im Geiste erdacht!
Ziele und Träume, Wünsche und Wege
Auf Papier, mit eigenen Schritten, der Strecke
gehen, sich auf ihr wirklich bewegen!
Was bringt uns aus dem Gleichgewicht, wenn
die Welt in uns zusammenbricht!?

Bleib bei dir! Ich bleibe bei mir!
Vielleicht existieren wir so gemeinsam,
unterschiedlich und doch zusammen im Jetzt
und stetig im Hier!?

44

Hätte ich mich in dieser Nacht, beim Erwachen um halb 4 nicht an den Bildschirm gesetzt, so wären nicht diese Zeilen entstanden, all die Gedankengänge, die nun stehen hier jetzt!

Warum bin ich Dichter und Denker!?

Warum!?
Ja, warum bin ich dieser Dichter und
Denker!?
Warum zerbreche ich mir oft den Kopf über
Gedanken und verrenne mich in diese
Spirale?
Warum Dichter und Denker, es gab doch
schon so viele von ihnen!

Aber ist es nicht so, dass ich als Dichter und
Denker, Herr meiner selbst so bin!?
Denn alles was ich durchdenke, vom
Durchlebten, von all den Momenten, von
allem Beginn und von allen Enden, in allem
Suche ich und oftmals finde ich doch einen
wahrhaft plausiblen und auch schönen Sinn!

Warum bin ich Dichter und Denker!?
Warum kein Richter und contra den Henker!?
Warum glaube ich an das Gute, wo mich das
Schlechte belehrt, verletzt, mir oft und fast
stetig widerfährt!?
Stehe ich unter den behutsamen und gütigen
Sternen? Unter diesen, denen kein Trübsal ein
Härchen krümmt, trotz sterbenden
Schwänen!?

Warum ich dieser Dichter und Denker bin, ich weiß es nicht genau und ich kann es auch nicht erklären, nicht beschreiben, ich weiß nur ich will in meiner Welt der Worte bleiben!

Ich fühle mich dort wohl und fein, Gott gab mir unter dem Sternendach, in der Wortspielerei mein festes Heim!
Bewegt das Leben auch uns, Stock und Stein – So weiß ich doch immer, in mir – da ist mein, festgeschriebenes Zuhause, meiner Worte Heim!

DOWNFUCK!

Die Kammer meines Schädels ist bis zum
Erbrechen, bis in die letzten Ecken beladen
und bis Anschlag hinten gegen, voll mit
Informationen und es kommen immer dazu!
Totaler Input!
Keine Chance zu entkommen, leise Stimmen,
die da flüstern; „fliehe" gern will ich
davonziehen, doch die Seele leidet und mein
Herz geht kaputt!

Ich bin nicht mehr ausgeruht, denn die Hektik
und der Stress steckt mich an! Die wahre
Krankheit der Zeit ist Stress und das ständige
Getrieben-sein!
Fristen und Terminvorgaben, sind rigoros
und ohne Gnade und verständnislos!
Doch bald schon wieder geht der Trouble los!
Arbeitstag am Arbeitsplatz – Anpfiff! Anstoß!

Mir wird richtig schlecht, weil ich wieder in
den Saftladen, in das Irrenhaus muss –
welches ich auch gleich betrete, weil ich es
muss! Vom Tagesbeginn bis zum Schichten-
Schluss!
Ich finde keinen guten Ansatz mehr! Das
pausenlose Durchhalten müssen macht mir

Kopf und Seele schwer! Vollgestopft mit Dreck, doch das Herz ist leer!

Dieser Arbeitsplatz ist ein wahrer – HIRN-DOWNFUCK!
Ohne Spaß und ohne Witz! Dreckiger verfickter, Wichskack!
Was soll ich denn noch tun, ich finde keine Ruh'!
Angesteckt und infiziert bin ich mit der Krankheit Stress, Hektik im Chaos und Durcheinander! Fokus auf mich, nur der hält mich noch beieinander! Keine Sekunde bleibt zum Durchatmen! Kein Moment zum Hinterfragen, was wir alle von Stress und Hektik denn so Positives haben!!!

Wir drehen alle ab mit der Zeit! Der Eine früher, der Andere etwas später! Irgendwann ist es soweit und wir gehen alle unter die Räder! Die Jungen und noch so wilden wollen noch etwas beweisen – abgeklärt und erfahren, lächelnd hingegen nehmen es die Gelehrten, all die Greisen!

Die berufliche Laufbahn ist doch eher eine Schlittschuhbahn! Rutschig, glitschig, eisig und hart mit Hindernisparcours, wackelige Fahrt! In mir dreht sich alles herum!

Atemweg verengt sich, schnürt die Luft mir
ab –
Ich habe das System doch lange durchschaut,
habe es kapiert und nicht zu knapp!

Vorstellungsgespräch im Antiquariat

Beim gestrigen Vorstellungsgespräch im Antiquariat da nahm ich anderthalb Stunden am Stuhl Platz, der Ladenbesitzer sagte; „Es sei zurzeit etwas stressig und zeitbegrenzt, also nicht so viel davonbleibe"
Er stellte viele Fragen doch in einer Sprachgewandtheit, in einer Form, man hätte ihm die Schuhe sohlen können, ihm die Wörter aus der Nase ziehen können, während er redete und redete, waren die Termine am Brennen!

Der Mitarbeiter, den er beschäftigt war fleißig beim Schaffen seines Tuns! Der Ladenbesitzer holte aus, für meine Tätigkeit – da müsse ich fleißig sein, es gäbe ja so viel zu tun! 40 bis 60 Stunden die Woche, so viel hätte er an Arbeit!
Freundlich und plausibel versuchte er mir zu verstehen zu geben, aufgrund der wenigen Verkäufe, könne er mir nicht mehr als den Mindestlohn vergüten, mir geben!
Ich solle Pakete zur Post auch bringen, vorher versteht sich auch natürlich zu packen! 35 Bücher am Tag in das System vom PC auch einhacken!

Die Verkäufe sein rar und doch eher in der Minderheit, doch muss er immer Geld aufbringen für den Ankauf – 10.000 Bücher aber stehen aus, im Regal und das so voll! Alle zum Verkauf!

Das Ende dieser Schmach, kam bei der Arbeitsstunden-Woche, die ich leisten solle, 40 Stunden, eher gar mehr, so viel gäbe es zu tun! Könne man machen was man wolle!

40 Stunden in der Woche, eher 50-60 so viel an Arbeit hätte er da –

Für den Stunden-Mindestlohn von 9,85 € und zu gütig er gäbe sogar 10,10 €, ja wie!? Wie super! Ist wunderbar!

Billige Arbeiter, Helfer, die mit eifrigem Fleiß gewillt sind, die brauche er, also Leute die sich für den Mindestlohn in Akkordarbeit verbrennen, denn so sagte er; „Nur mit Fleiß sei es rentabel"! Ich verstand direkt, billige Abfertigung, ja ist klar, spar dir dein weiteres Gerede-Spektakel!

Zusammenfassung meinerseits:

Akkordarbeit, Stückzahlen am Tag!

Mindestlohn, den er allen helfenden Händen im Laden zahlt!

Ich fühle mich verarscht! Denn sogar in der Leiharbeit, ja in der Personaldienstleistung

bei den Sklavenhändlern bezahlt man mehr
als nur den Mindestlohn!
Zudem wie er betonte, kam noch hinzu;
Es seien ja auch im
Bewerberauswahlverfahren, Bewerber/innen
aus Hamburg, Berlin und Was weiß ich noch
von wo – Leute die Bücher verfasst haben,
und Doktorarbeiten geschrieben hätten und
jahrelang schon in Antiquariaten gearbeitet
hätten!
So verlasse ich das ~Wissenschaftliche
Antiquariat~ mit einem Lachen, arm werden
beim Arbeiten, Billiglohn, das sind meine an
diesem Tag festgestellten Wissenschaften!
Für diese muss ich nicht mal Prof. Dr.
Irgendwas sein!

Die Bücher und Schriften, die alten in allen
Ehren! Um die geht's ihm gar nicht, sondern
reich mit zahlenden Billiglöhnen werden!

Dummheit+Unwissenheit =Gelassenheit & Freiheit

Würde ich weniger denken, so hätte ich wohl
weniger Kopfweh –
Würde ich getragen von Dummheit und reiner
Unwissenheit, so hätte ich wohl wahrlich die
Gelassenheit und alle Narrenfreiheit!

Etwas dümmlich sein, dürfte doch nicht
schaden! Dummheit hat auch etwas Gutes!
Denn man selbst bemerkt sie ja nicht, sie
„lenkt" und „denkt" für einen, ja sie tut es!

Wenig Krips in der Birne, im Hirn!
Nicht mal Fragezeichen auf der Stirn!
Die Dummheit ins Gesicht geschrieben!
So ist das Antlitz doch nicht leer geblieben!

So denke ich über die Dummheit nach und
welche geistige Freiheit und Vorteile sie
bringt! Zwar fliege man flach im Tal, denn
weiß man ja nicht um des Berges Höhe mal!

Die Dummheit vertreibt wohl Kummer und
wirklich etliche, gar alle Sorgen –
Beruhigt des Schlafes erwacht man, mit
seines Einfaltspinsels Gedanken am Morgen!

Dummheit ist kein Privileg, Dummheit ist wahrlich auf die gewisse Art und Weise Freiheit! Freiheit um die der Dumme nicht weiß, doch dies stört ihn ja nicht, um keinen Preis!

Der Kasper-Neuling

Fest eingetreten, feststeckend im
Gedankenelend! Keine ruhige Minute fürs
Durchatmen, für einen klaren Gedanken! Ich
stecke im Zwang der Pflicht, wenn auch
Zacken von der Krone bricht!
Ich werde getrieben, gehetzt und kaputt
gespielt für das bisschen Überlebens täglich
Brot! Und in der Politik wird Scheiße
getrieben, es wird sich ausgetobt!

Skandale am fließenden Band,
Beschuldigungen und Falschaussagen, alles
Mittel im großen Machtkampf! Für die
Vollpfosten da oben, gehe ich malochen! Ich
zahle brav und stetig pünktlich mein
Steuergeld, die verstreuen und verteilen es
sich auf ihre Konten! Und sie machen Party in
aller Welt!

Ich komme nicht davon weg mich aufzuregen,
ich kann's nicht lassen über meinen Frust und
Unmut zu schreiben! Diese verflixte
Ungerechtigkeit, die real ist und von
Vaterstaat gelebt und gezüchtet wir, der der
eigentlich die Fürsorgepflicht für die
Bürgerinnen und Bürger im Land hier trägt!

Die da oben sie bauen nur scheiße und nur
weil wir – weil man sie wählt!
Welch Ironie doch letzten Endes, sind wir also
selbst verantwortlich für unsere Misere!? Für
all den Dreck, der uns um die Ohren fliegt
und für all die Scheiße, die hier passiert!?
Nicht ganz! Nein!
Denn das Programm da oben steht seit
Jahrhunderten festgeschrieben, nur werden
die Marionetten gewählt, der Kasper-Neuling,
der alles ausführt!

Wie soll man hier noch märchenhafte Zeilen
schreiben,
wenn wir alle so dick-fett in der Scheiße
weilen!?

Besenkammer

Ich habe keine Lust mehr hier zu sitzen!
Ich hätte wirklich, Besseres zu tun!
Hier, wo alles quer und kreuz – rückwärts,
nix der Reihe nach verläuft!
Gemeldet war diese Besenkammer, als
Arbeitsplatz auf der Seite des Arbeitsamtes!
ARBEITSPLATZ! Doch der Platz, der nur etwas
mit einem Saftladen etwas gemeinsam hat!

Ich würde ja, auch liebend gern hier lachen!
Doch meine eigene Lebenszeit ist mir echt
ernst! Und diese intensiv zu schätzen, glaube
mir – dass du dies an diesem Platz hier
wahrlich lernst!
Dieser Raum, der sich Büro und Verwaltung
schimpf und nennt, dieser Anblick, den man
besser als Besenkammer doch kennt!

Dieser Raum mit Gummibodengeruch, wie in
einer Turnhalle an jedem fröhlichen und
freundlichen Morgen! Der Chef hier im Haus,
bewegt sich durch die Räume wie ein Gast! Er
kennt sich im eigenen Laden nicht mal aus!
Ein Ding der Unmöglichkeit hier! Hier man
nur an die Stirn sich fasst!

Hier wird sich voll und ganz auf meine
Kollegin verlassen, weil sie schon lange im
Laden ist und den Laden über Wasser hält
und alle Wogen glattbügelt!
Die fällt schon über Stuhl und Papierkorb,
fällt sie mal aus oder geht und kündigt, dann
bricht hier die los die Höllennot!

Besenkammer Teil 2

Ach, wie habe ich einen Bock in den Saftladen
zu gehen! Ach, was ein Leben!
Wird kein anderes geben! Hilft nicht zu
klagen, oder irgendetwas zu sagen!
Ich kann nur handeln, kann nur tun –
Und versuchen zu ändern, um mir selber noch
wohl zu tun!

Leute geht mir nicht den Zeiger!
Werdet Lehrer, Gitarrist!
Von mir aus Geiger, oder noch besser
Bauarbeiter! Macht was ihr wollt!
Bitte zieht nur weiter!
Bitte, bitte zieht weiter und weiter
Weit weg, weit weg – immer weiter!

Sie verwechseln die Prüfungsstelle,
mit einem jeglichen Basar!
Sie wollen mit Karte zahlen,
sorry! Hier geht es nur in bar!
Freundlich und gar recht schon,
schleimig sind sie so gut aufgelegt!
Das Letztere kann ich auch sehr gut,
denn den Hörer habe ich auch bei Anfragen
schnell wieder aufgelegt!
Ein Zuchthaus, großartiges Irrenhaus!
Schlimmer als in einer Psychiatrie!

F(u)ckt!

Mit meiner Gesundheit stimmt es nicht, schon
so lange Zeit nicht mehr!
Aus diesem Grund, so hat die Teufelsspirale
leichtes Spiel, leichtes Spiel mit mir!
Wut und Hass! Frust und auch Zorn,
dauerhaft in Aggression diese ist unterlegt
von stetig einer Depression!

Doch scheißegal! Verrecken darf man hier!
Scheiß doch auf die eigene Fürsorgepflicht!
Nettes warmes Wort, das man mal ausspricht,
doch im Laufe des Tages auch wieder
vergisst!
Pseudo-freundschaftliches Getue im Job und
in der Gesellschaft –
Kein Wunder, dass man hier keinen großen
Bock mehr drauf hat!

Ich habe Kopfschmerzen, Herzstechen und
Augenmigräne!
Überfällt ist schon längst mein Schädel und
ich beiße täglich zum Durchhalten auf die
Zähne!
Wie es mir wirklich geht und was auf der
Seele mir lastet, schmerzt und brennt –
Dauerfeuer, höchster Gang der nie rastet!

Meine Nervenstränge reißen und schmerzen!
Sie zucken und kribbeln, Wärme auf Brust
und auch am Herzen!
So stark sind mittlerweile die Schmerzen im
Kopf! Weil mir täglich der Schädel am Tag
dröhnt!

So viel an nichtsnutzigen Infos und des
Wortes Laut –
Input wie ein reisender Fluss der unter
meiner Schädeldecke strömt!

Im Käfig

An die lieben Leute von heute, was ich hier
sage, stelle ich mir als die Frage;
„Ob ich mir bei einem Kredithai –
mal eben einen kleinen Kredit leih"!?

Man kriegt hier nix mehr auf die hohe Kante!
Das ist „Viva la dilettante"
Der Mensch soll nix mehr besitzen, darauf sie
ihren Blick werfen, schärfen und spitzen!

Altersarmut und Einheitsrenten, dahin
führen die Wege, so werden wir dann enden!
Die Marotten sind des Mittelalters gleich!
Nur die Zeit ist modern und ums Mittel reich!

Die Reichen bereichern sich an den Armen!
Denn die Reichen auf den Beinen, lassen die
Armen niederknien! Sie werden gehalten hier
im Käfig, denn da können sie nicht fliehen!

Kummer und Sorgen umklammern mich
und auch mein Herz!
Beistands-Werk, bei all meinen Wunden –
und bei all meinem Schmerz!

Dennis D. Doitsch

Autor des Werkes, sein Vorgänger lautet

Erfolgreich sein

[erschienen 2021]

Ich bin entgleist,
bin jemand der
Suchend durch die Zeit nur reist

Auf der Suche,
doch um zu finden,
dies ist mir noch nicht klar,

weiß ich nur,
Vieles ist schon lange her,
doch es war mal alles da!

Dennis D. Dotisch,
im Wandel dieser seltsamen Zeit!!!

Zusätze

Auf der Schattenseite

So setzt sich ein Stein…

Ich muss die letzten Wochen und Monate
allesamt Revue passieren lassen, um alles zu
begreifen, muss ich diese Scheiße hier
verfassen!
Vom Spätsommer 2021 bis Winter, Februar
2022, es schmerzt und brennt in allen Ecken,
auf der Seele und im Herzen unerträglich
stark sind meine Schmerzen!

Mir schmerzen die Tränen, die meinen Augen
nicht entweichen können
Fürchterlicher Seelenbrand, der die Hoffnung
und den Glauben niederbrennt!
Ich bin verloren, auf der Schattenseite –
Großer Kampf und Krampf, um das Licht zu
sehen, gefallen verwundet, so muss ich meine
Wege gehen!

Seit den Corona-Impfungen spüre ich
Muskelverkrampfungen, diese gehen nicht
mehr weg und lassen nicht nach! Jetzt diese
Scheiße in meiner Blutlaufbahn!

Erpresst und mit Widerwillen muss man hier
gefügig gemacht werden und hören und sich
fügen!

Das 3. Corona-Jahr nun in Folge! Medien und
News haben ein freudiges Inzidenz- und
Impfkampagne und Impfpanne
Berichtserstattungs-Vergnügen!

Man sagte mir schon sehr oft;
„Das Leben ist sei ein Kampf"
Also prinzipiell wie bei den Tieren, das Gesetz
der Natur, es kommt nicht durch wer krank
ist und schwach!

Doch schwach bin ich nicht! In keiner Art und
Weise! Denn ich ertrage doch all diese
gesellschaftliche Scheiße! Mein gutes Herz
wird mir oft als Schwäche unterstellt!
Gut, wenn man, unterschätzt wird in dieser
Welt!

… auf den anderen Stein

Hinzu kommt noch dieser beschwerliche
Arbeitsplatz, an dem man zu Grunde geht!
Weil man einfach keine große Wahl hier in
diesem Leben hat!

Ich befinde mich auf der Schattenseite, keiner
da zum Reden! Ich ertrage die Qual hier für
mich, ganz allein!
Was ich fühle und ertrage, dies weiß keiner –
keine Frage!
Dieser Saftladen, der sich Arbeitsplatz nennt,
wo legale Arbeitsweisen weder Chef noch
Teilnehmer kennt!
Scheiße ausbaden, alles glattbügeln und den
Laden bei Laune halten, die Pferde zügeln!
Chaos und Durcheinander, illegale
Machenschaften – Bildungszentrum – mit
asozialen Menschenschlachten!

Ich habe Wut, ich habe Frust – jetzt packe ich
hier verdammt nochmal, alles aus!
Ich spreche hier Stück für Stück die erlebte
Wahrheit in den Zeilen aus!
Hier kriege ich Frust und Drohungen von
Teilnehmenden hin und wieder ab!
Weil das Bildungszentrum kassiert, es rechnet
die Menschen wie bloß wie Ware ab!

Ungültige Dokumente, gefälschte Papiere
Verhalten gleicht den wilden Tieren!
Ich darf die Scheiße ausbaden, fehlende
Unterlagen beschaffen, tauschen und
nachtragen!
Saftladen ist schon, gar kein Ausdruck mehr!
Alter, was hier läuft, glaubt mir keiner hier!

Keiner da zum Reden! Alles Augen werden
hier zugedrückt! Mir kommt's bald so vor,
als ob das zuständige Amt sich bückt und der
Chef des Bildungszentrums, den Riemen
reindrückt!

Ich habe keinen zum Reden!
Ich gehe hier total kaputt!
Verdammte Scheiße, 5 Monate ertrage ich es
schon, finde keinen anderen Job!
Prüfungsunterlagen, die vernichtet werden
müssten, die werden hier gehortet, wem soll
ich dies denn alles erzählen!?

Alles was ich schreibe, bringt mir eh nichts,
doch so ertrage ich die Scheiße, irgendwie –
anders geht's ja echt mal gar nicht!
Wer dieses Buch hier liest, es hat –
Der hält in der Hand heiße Ware!
Alles Wahrheit, keine Fiktion, glaub mir, es
ist hart was ich alles ertrage!

…und so weiter…

Ich schlafe nicht mehr richtig, mein Kopf
nimmt nix mehr auf!
Ich leide an Nervenkrämpfen, zeitliche
Beklemmung, es frisst mich alles auf!

Diese erbärmliche gesellschaftliche
Erpressbarkeit, die man den Arbeitgebern
einräumt! Politische Fratzen, die das hier
alles ermöglichen –
Bis das Fass des Hasses einfach überschäumt!

Ich bin ständig daran Abstand zu suchen!
Um einfach das Weite zu finden!
Alles im gesellschaftlichen Spiel ums Geld –
Elend und Leid soll doch gar nicht und
niemals schwinden!
Es ist alles gemacht, gewollt, alles inszeniert!
Denn es ist das Volk, der dumme Arbeiter,
den man beschäftigt, so dass ihn nix mehr im
Leben außer Arbeit interessiert!

Mein Kopf ist dermaßen überladen –
Systematisch überlaufen, so will es
Vaterstaat, der Depp jeder Arbeiterklasse hier
immer und stetig er doch bezahlt!
Auf die Kosten unserer Gesundheit geht's!
So funktioniert das Konstrukt!
Wir Menschen sind längst nur noch
wirtschaftliche Ware, finanzielles Produkt!

Zusätze

Kaputtlachen

Ich sitze wieder mal an der gleichen Stelle da
Beschreibe wieder mein Elend und die Klagen!
Alles, wie es also schon immer war!
Vom Kummer zerschlagen, von Verzweiflung,
Sorgen und Traurigkeit getrieben!
So ist mir nur das Glas Bier an meiner Seite wohl
geblieben!?

Aus Verzweiflung und eigentlich den Tränen nah,
lach ich mich kaputt, es schmerzt auf der Seele,
doch lache ich in diesem Moment, der mir gehört,
mich also kräftig und herzlich kaputt!

So sehe ich hier beim Schreiben, auch wie immer
dieselben Pups-Bremsgesichter!
Sie tragen den totalen Crash auf der Stirn! Sie
schauen aus wie von orange- auf rotwechselnde
Ampellichter!

Sehen aus wie Baustellenfratzen, die sich um alle
Angelegenheiten anderer Leute kratzen!
Und auch ich der Trottel sitze nun bei ihnen! Glas
Bier dabei, weil ich schon so lange verloren bin!

Keine Rettung die mir mehr naht!
Gesellschaft und Arbeit, die einen kaputt macht!
Aus Verzweiflung und um meines Untergangs
Wissen, ich mich hier sorgenbeladen kaputtlache!

Zusätze

Sportübertragungen

Heute, wenn ich
Sportveranstaltungsübertragungen anschaue und
sehe, denke ich an meine Kindertage, Kinderzeit
so gern zurück!

Mit meinem Vater schaute ich so gern die
Zusammenschnitte im Fernsehen von der Fußball-
Bundesliga! Es war für mich,
wie das reinste Kinderglück!

Heute durchblicke und durchschaue ich das ganze
kommerzielle Treiben!
Darum, aus Prinzip möchte ich es nicht mehr
weiter unterstützen! Traurig was aus allem wurde,
wohin sind die guten alten Zeiten!?

Schade, dass man im Alter alles durchschaut und
hinter die Fassaden blickt! Von wegen, Embleme
auf den Trikots ernstgemeint küssen! Interviews
sind doch nur leere Gesten! Reden, von denen
hinterher niemand mehr spricht!

TV-Sender und Sponsoren,
die sich die Taschen voll machen und den
Verbraucher, den Supporter ausbeuten –
Merchandising, sie lassen alle Kassen läuten!

Heute sehe ich all die Dinge anders,
als wie damals noch als Kind!
Die Wahrheit erblickt man früher oder später,
weil die Dinge so sind, wie sie eben sind!

Zusätze

Bleibe ich sitzen auf...

Bleibe ich doch am Ende sitzen auf allen
Gedanken und Träumen meines Lebens!?
War aller Einsatz, jedes Stück der Hoffnung, jeder
kleine Lichtblick denn so vergebens!?

Gescheitert an mir selbst!?
Gescheitert des Weges der Gesellschaft!?
Gescheitert am Glauben und an meiner
ganzen Willenskraft!?

Mein vermeintliches Können –
Hat es mir doch, am Ende gar nix eingebracht!?
Voller Hoffnung und Tatendrang –
Alles Gute doch gehofft und daran gedacht!?

Ich sehe keine Chance mehr,
ich sehe keine Lösung für all die Probleme!
ich sehe einfach kein Licht mehr, am
Ende des verdammten langen Tunnels!

Ich bin verloren, um jeder Hoffnung!
Jedes kleine Licht, welches mich verlässt!
Verraten, enttäuscht, gefrustet, gequält –
Für bis zu meinem ganzen Lebensrest!

Momentan entgleist mir mein ganzes Leben!
Verbaut und Stolperstein liegt auf meinen Wegen!
Hoffnungslos und so hart gefrustet –
Das Leben hat mir „etwas gehustet"!

Ich träume mich fern und weit dieser schwierigen
Zeit! Ich lass' alles zurück, keine Reue im Blick!
Suche ich doch nur heile Welt –
Ein kleines Stück!

Ich laufe hinfort und ich halte mein Wort
Ich fange nochmal neu an, wenn nicht nun, wann
denn dann!? Die Zeit ist reif jetzt und nicht
irgendwann!

Kein Stück an Boden der mir bleibt!
Und mein Weg war schon so weit!
Also reise ich weiter, immer weiter
durch diese verrückt-seltsame Zeit!

OUTRO

Qual und Qualität
Wieder mal am Arbeitsplatz
Trauergedicht
Tagesablauf – Trilogie
Wir feiern!
Gefühlslage
Gedankenstücke

QUAL UND QUALITÄT
Gesellschaft / Arbeitsplatz / TOD

Qual - Tat
Qualtat und die Qualität
Da bin ich nun bei der Qual –

Qual und Leid erfuhr ich schon sehr früh in
meinem Leben! In Kindertagen, bis heute ins Alter
hat es angehalten und ist deutlich spürbar!

Faktoren, Begebenheiten, Menschen, Einflüsse –
Äußerliche wie psychische und
sozialverhaltensbezogene tragen dazu bei!
Ich ertrage und erdulde oft das Leben, zwinge
mich nahezu immer durchzuhalten! Um es
möglichst immer und allen Recht zu machen!

Im Laufe all der Jahre, in dieser Zeit – da habe ich
mehr und mehr gelitten! Herz und Seele haben
Schmerzen, Wunden und Narben davongetragen!
Heute denke ich über den Tod nach!
Es kann erschreckend und verstörend erscheinen.
Aber ich denke mittlerweile und bin an einem
Punkt angelangt, dass ich denke der Tod den
Menschen Angst und Frucht bringt, Unwohlsein
und Trauer bringt und er schlussendlich etwas ist,
wovor ich keine Angst und Furcht haben muss!

Denn der Tod ist gewiss, leider auch endgültig!

Ja, aber gewiss und was kann schlimmer sein, als Qual und Leid zu erleben, zu ertragen – wenn der Tod dies alles doch nehmen kann und wird!?

Vielleicht ist mein Leben Qual und Leid, weil ich an Gott glaube und weil ich Leid empfinde, so lässt Gott mich wissen, wie wohl Jesus in seinem Leben gelitten hat und Leid erfahren musste!

Ist mein Leben so, weil ich im Herzen christlich bin? Weil Gott weiß, ich glaube an ihn?
Ich glaube an ihn, ohne fleißig und eifrig in der Bibel zu lesen, geschweige denn immer sonntags in den heiligen Tempel renne...

Wenn das Leben überwunden ist, so ist doch auch meine Qual und das Leid für alle Ewigkeit besiegt!?

Mein Leid und meine Qual besteht daraus, niemals gewesen zu sein, wie und was ich gerne gewesen wäre! Trotz gutem Herzen, trotz guten Absichten und menschlich und sozialen und friedlichen Gedanken, so hat man mich unterdrückt! Mich erniedrigt!

Wieder mal am Ende und übers Limit meiner Kraft bin ich hinausgeschossen!
Ich habe, wie eine Schlinge um die Seele, der Atem ist abgedrückt, starker Kopfschmerz, verdammte Augenmigräne, es schmerzt und ich

leide und quäle mich zum x-ten Mal schon, dass
ich diese Scheiße hier erwähne!

Es gibt keinen Ausweg, meine psychischen
Schäden machen mir mein Leben schwer!
Mein Schädel ist vollgeballert, außer Hass und
Wut empfinde ich nichts mehr, außer Schmerz
und Leid fühle ich in mir gar nix mehr!!!

Jeden Tag im gleichen Lebensgang!
Tagein und tagaus – stundenlang der
Lebenszwang!
Verdammt, ich halte diese Scheiße nicht mehr
aus!
Alles was ich will, aus dieser Drecksgesellschaft
raus!

Ich bin schon wieder weit!
Ich bin weit übers Limit raus geschossen!
Meine Tränen sind lange leer –
Die letzten sind schon ewig her, die flossen!

Schlafe ich des Lebens –
Und lebe ich des Todes?
Ist bei mir alles ins Gegenteil verkrümmt!?
Wache ich des Schlafes, schlafe ich bei Tag
Bin ich krank oder einfach nur anders!?
Was ist da, was mit mir nicht stimmt!?

In meinen Träumen falle ich in Trance
Dann bin ich so fern, dieser irdischen Welt!

Leben und Tod ist dort nur ein Wort!

Ich kann nicht mehr!
Mein Kopf und meine Nerven –
Sie sind so angespannt!
Ich habe Schwindel und Stechen auf der Brust
und am Herzen, ich leide wahrlich meines Lebens
all die Schmerzen!

Ich befinde mich derzeit am
absteigenden Ast!
Tief der Fall, rutsche ab –
Wo du jeden Griff verpasst!

Es geht nur stetig in die Tiefe –
Ohne jeglichen Halt!
Tiefer, tiefer, tiefer durch Verzweiflung
und Ohnmacht und Gefühls-Zwiespalt!

Mein Kopf dreht durch, Chaos und Durcheinander
herrscht, ich finde weder Ruhe noch Ordnung,
weil dieser verdammte Arbeitsplatz das reinste
Irrenhaus ist!

Hoffnungslosigkeit und
Unvermögen ist –
was diesen Laden hier beschreibt,
so er zu definieren ist!

Ich rutsche ab und immer tiefer!
Ich quäle mich, ich leide, ich gehe kaputt!
Auf der Seele lastet jede Menge Scheißdreck!

Papierstau dazu und Datenschutt!

Meine Abgrenzung ist schwer,
weil sie mir so sehr missfällt!
Weil ich keinen Strang habe, keinen Ast –
Rutsche ich dem Untergang in meiner Welt!

Ich lebe im Durchlauf der Zeit
Der Abzug ist schon längst gedrückt!
Doch mein Herz steckt weit in der Vergangenheit,
mein aufrechter Halt ist missglückt!

Mein Kopf ist so voll mit Unrat!
Abschalten und Abgrenzung fällt mir so schwer in
diesen Tagen, mein Gefühl erdrückend schwer, so
viel Last-Gewicht wie Blei, das ich mit mir trage!

Der Arbeitsplatz trägt dazu bei, Beschwerden,
Mahnungen und falsche Aussagen, dies alles im
sozialen Bereich im Bildungszentrum! Da geht's
asozial vor, ich ziehe den Schlussstrich auf kurz
oder lang ist meine Zeit hier um!
Seelisch wieder mal miserabel geschrottet!
Alles völlig zerfahren bis hinten gegen die Wand!
Auf lange Sicht muss ich hier weg bei kurzerhand!

WIEDER MAL AM ARBEITSPLATZ

Gesellschaft / Arbeitsplatz / TOD

Beim letzten Besuch in der Bäckerei schlürfte ich
meinen Cappuccino und verfasste diesen Text in
mein Texte-Büchlein hinein
Während ich so, da saß war der Ablauf wie
allgewöhnlich 2G? 3G? 2G+ und G-Schlag mich
tot-Nachweis und Ausweiskontrolle, weil es so
sein muss!

Und die Leute sie gingen ein und aus, kauften ihre
Bäckerteilchen und holten ihre Geldbörse heraus
EC-Kartenzahl-Gerät, dies sollen und wollen sie
benutzen, doch das Gerät funktioniert natürlich
nicht!
Geiles System – in aller Munde elektronisch und
digital, wir die Masse sollen es bedienen, nutzen,
doch funktioniert halt nicht!

Und während der Zeiger tickt und die Zeit vergeht,
so beschreibe ich mein Elend, welches mir mal
wieder bevorsteht!

Mir ist morgens so zum Kotzen, so elendig
schlecht! Weiß ich schon nicht mehr, was ich
noch frühstücken soll! Es ist in dem
Unterbewusstsein, weil ich nicht an diesem
Arbeitsplatz mehr sein will!

Übelkeit, Sodbrennen, regelrecht ist mir richtig schlecht!
Dieser beschissene Laden in dem es nicht nur -drunter und drüber geht-
Nein! Es ist der Laden, wo der Chef „Ja" sagt und der Vertreter-Möchtegern ohne jegliche Befugnis „Nein" spricht!
Warum macht es mir so zu schaffen? Weil ich wohl mal wieder versuche, auch in der reinsten Chaos-Bude, im Saftladen, es wieder allen recht zu machen!

Ich muss es ablegen, das sollte mein nächstes oberes Ziel sein!
Unruhe ist da, weil ich hier verdammt nochmal nicht sein möchte!
Innerlicher Nervenzusammenbruch, weil ich doch hier sitze. Und zwar täglich!
Es ist meine Lebenszeit im abgeranzten Saftladen!

Ich sitze im Büro der Verwaltung, Mails und Anrufe überschlagen sich!
Die Teilnehmenden kommen und gehen, wie sie denn wollen, es frustriert und ärgert mich!

Kurse werden nicht ernst genommen,
manche sitzen hier lediglich ihre Zeit ab!
Der Clou an der Sache, für diese Scheiße zwackt man uns unsere Steuergelder ab!

Mein alltägliches Leid hier am Arbeitsplatz,
es nervt mich dermaßen!

Weil sie einfach tun, ohne groß nachzudenken,
ohne schlechtes Gewissen und ich muss hier
sitzen und drehe am Rad, verdammt! Man!

Ich bin so abgefuckt und gefrustet von diesem
beschissenen System der Ungerechtigkeit!
Das ist mein Vaterland, so lächerlich!
Nicht mehr als Hohn und dieser bundesweit!

Etwas positives, ein kleiner Trost –
Sitze ich zumindest in einem warmen Büro!
Zwar bin ich hier getrieben und gehetzt, aber was
soll's – in Deutschland wird halt auf das
Ameisenvolk, die Sklaven gesetzt!

Die meisten Gedanken oder viele die ich mir noch
mache sind –
Um das Gerecht-werden meiner Vorbildfunktion!
Als psychisch Erkrankter und beeinträchtigter
Mensch ständig zu funktionieren, strengt mich so
sehr an!

Ich bin gequält mit meinem eigenen Leid und der
ständigen Konfrontation zu versagen!
Das Versagen ist real! Auch wenn ich in meiner
eigenen Welt irgendwie lebe und existiere!

Kann ich in dieser philosophieren und denken,
dass ich vielleicht gar nicht krank bin,
sondern diese Gesellschaft und ihr System!
Dass sie es in Wirklichkeit doch sind!

Aber bringen mir diese Gedanken doch leider nix!?

Denn Essen auf den Tisch bringt man nur, mit dem verdammten, beschissenen Geld!
Das eigene Versagen, das schlechte Beispiel, welches ich bin und leider vorlebe, wäre nur mit einem möglichen Ende, dem Tod zu tilgen!

Denn wenn meine Existenz ausgelöscht wäre, gäbe es meine negative Ansicht, diese depressive Spur nicht mehr und ich würde mein Leid auslöschen und weiteres wohl verhindern!

Es ist natürlich abschreckend, verstörend so zu denken, aber logisch und absolut flächendeckend präzise und mit Erfolg bestimmt.

Und genau mit diesen Gedankengängen, mit dieser Theorie, so möchte ja Vaterstaat, dass ich denke! Denn ich passe nicht in das System!

Zum Abschluss dazu noch mein; Trauergedicht (folgende Seite)

TRAUERGEDICHT
Gesellschaft / Arbeitsplatz / TOD

Meine verkümmerte Seele,
sie ist eingegangen und welk
Sie hat gelitten, ist geschunden
vieler Wunden dieser Welt!
Jeglicher Trost ist gestorben –
Ist tot und vergangen!
Nur die Hoffnung, sie noch kämpft, ist auch
das Licht schon untergegangen!

Schaurig, traurig sind diese Gefühle –
Dieses Missempfinden von Leben,
doch weiß ich leider und finde ich mich damit ab,
es wird kein anderes geben!
Jegliches Freudegefühl ist verdorben –
Mit Hass und Frust, mit Qual und Leid!
Mut und Wille ich einst hatte, wurden zu Wut und
Verzweiflung, zieht sich durch meine Lebenszeit!

Manchmal sitze ich so da,
die Gedanken schwer, fühle mich tot, so innerlich
leer! Der Blick so ausdruckslos, als gäbe es des
Lebens, für mich keine Tage mehr!
Hier steht geschrieben, was der Mund vor
Erschöpfung schon nicht mehr spricht!
Nur die Tinte auf Papier vom Stift, beschreibt
bittersüß dieses Trauergedicht!

Tagesablauf – Trilogie

Erwacht und auf dem Weg zur Arbeit

So fröhlich und entspannt,
lief ich am Morgen zum Arbeitsplatz
Die Freude auf diesen, so riesig,
dass meine Laune gar doch platzt!

Denn jeden Morgen, wenn ich erwach –
Nach schlechtem und leichtem Schlaf der Nacht
Da bin ich so gereizt, müde und erschöpft –
Und so unendlich Mega-kaputt!

So wandle ich durch die Straßen, in denen ich
mich und meine Gedanken sammele

In aller Morgenfrühe gibt's Geschrei
und dazu auch Gebrüll!
Auf der Straße gibt ein Heizungs- und
Sanitär-Bus richtig Stoff!
Die Reifen quietschen, im Transporter
knallt es und kracht es, der Fahrer hat wohl
etwas Zoff und Frust!?

So ist es doch herrlich, dieses Schauspiel
des Lebens tagtäglich, mir kribbelt der Kopf!
Wieder rein ins Irrenhaus, in die Verwaltung
Informationen bis Anschlag, mir platzt der Kopf!

So drehten vom Heizungs- und Sanitärbus
die Reifen durch und quietschten laut
So müsste ich den Papierstau aus dem Fenster
werfen, der sich hier Berge hoch anstaut!

Mein beruflicher Alltag

Viele Briefe die ich versende, diese
landen im Nirwana, getragen vom Wind!
Werden nicht zugestellt, weil die
Briefkästen nicht beschriftet sind!

Mein Arbeitsplatz ist auch sehr
merkwürdig und denkwürdig!
Denn hier macht jeder was er will!
Nichts läuft, ich find's abgefahren, schrill!

Die Sonne scheint so oft zum Fenster rein
Ich sitze hier am Platz, mit allem Scheiß allein!
Durcheinander und Chaos regiert!
Das halbe Herz geht, das andere halbe es lacht
und resigniert!
Die Teilnehmenden sitzen in den Kursen
Sie hören Musik ganz laut, reden und labern viel!
In der Verwaltung kann ich mich kaum retten,
komme nicht hinterher bei dem ganzen Papier!

Meine eigenen Ziele und Pläne
Diese schiebe ich stetig vor mir her!
Nicht die Arbeitszeit ist das Problem,
die Fülle und Dichte macht mir meinen Schädel
schwer!

Jeden Tag vergeude ich meine Zeit –
Am Arbeitsplatz, ich werde zugemüllt!
Meine Zeit für Pläne und Konzepte,
werden mit so viel Scheißdreck gefüllt!

Statt wieder hier zu sitzen und
mich wieder mal kaputtzumachen –
Würde ich lieber meinen Weg weiter verfeinern,
mich an die Sachen machen und anpacken!

Systemabsturz

Eine neue Form und Strukturierung
Vergangenheit ist Erinnerung
Kopf und Seele brauchen Neusortierung!
Wieder Ordnung – Defragmentierung!

Zu viele Pixel verstreut in den Gängen
meines Hirns, des Gedächtnis
Mein System ist überladen, Gedanken
befinden sich im Bit- und Bytes-Gefängnis!

Neues Update, Ticket lösen!
In all der Dichte wieder Leere einflößen!
Geist wieder öffnen, Fenster schließen!

Soul is saved! Living on! Die Gedanken sprießen!

Viel zu lange habe ich, gravierende
Fehlermeldungen übergangen!
Ich erleide ein Systemabsturz!
Neustart erforderlich auf kurz oder lang!

Ich muss am Zeitmodell basteln
Am Konzeptionsmodus schrauben!
Ich muss an der Richtung justieren!
Ich muss meinen Weg ausbauen!

So viele geistige Neuanfänge,
erlebt und überstanden!
Untergang und Untergänge in
voller Lebenslänge!

Ich befinde mich in einer
verdammten Endlosschleife!
Gewollt und konzipiert von Vaterstaat!
Welch eine verfickte Scheiße!

Wer etwas will, kann und probiert –
Der hat's im Leben schwer!
„Einlullen" lassen soll man sich –
Bitte! Danke sehr!

Wir feiern!

Im Sessel sitzen und Chips fressen!
Belagert von Streaming-Diensten
Draußen herrscht Hass und Krieg!
Alle schauen weg und doch zu –
Dass man hier nur noch das
blanke Kotzen KRIEGT!

Seit 2 Jahren Corona-Scheiße
Was ist geschehen, was ist passiert
um unsere einst vertraute und geliebte Welt!?
Der Mensch, WIR sind am Massakrieren!

Wo alles dem Wahnsinn nur verfällt!
Menschlichkeit, Soziale Belange –
Solidarität, leere Worte die nix kosten!
Heuchelei und gespielte Scheiße,
Hauptsache mal drüber gesprochen!

Aber wir feiern die Industrie!
Die uns verblödet, uns manipuliert!
Gib dem Affen Zucker und er ist beschäftigt,
Scheiße wie leicht das funktioniert!!!

Hier wird immer nur gedacht;
„Mich erwischt es doch so oder so nicht
Also Tränen und Bedauern virtuell,
schmerzt nicht und tut nicht weh! –
Weiter geht's am gedeckten Tisch!

Gefühlslage

Ich stecke so fest im Trott!
Tief im Grund, Ballast und Seelenschrott!
Gedanken sind windschief! Die Gefühle sind
so erstarrt und gleichbleibend anteilnahmslos!

Überhäuft und beladen bin ich
mit Sorgen und Problemen –
Mache ich mir diese selbst,
die in meinem Kopf nur entstehen!?

NIEMAND
Aber auch wirklich NIEMAND,
wird kommen und dich retten!
Du musst selbst handeln,
du musst selbst entscheiden!

Du trägst diese Verantwortung!
Daraus resultierend auch die Konsequenzen!
Kurzum, das Leben wird dich so oder so ficken!
Auf die eine oder andere Weise!

Gedankenstücke

Meine Nerven sind durchgekaut
Meine Seele ist ein einziger Schrottplatz
Auf dem stetig weiter Schrott
eifrig und fleißig abgeladen wird!

Meine Bronchien fühlen sich an,
als ob sie durch den Reißwolf gedreht werden!
Die Lunge so gereizt und schmerzend, beim
Atmen in der kalten Winterfrische!

Jeden Morgen der Gang durch dieses
triste stinkende aussichtlose Treppenhaus –
Hinzu meinem Arbeitsplatz wo das reinste
Chaos und Durcheinander angesagt ist!

Verspannungen, die nicht mal ansatzweise
in irgendeiner Form auch nur zu beschreiben sind
Muskelkrämpfe in den Schenkeln, seit den
abgefuckten
Corona-Impfungen welche anhalten und nicht
mehr schwinden!

Die letzten Tage herrscht ein anhaltender Krieg
in der Ukraine, wo durch gewaltsames russisches
Eingreifen das Land unter Beschlag genommen
wird –
Mit Todesopfern, Verletzten, Zerstörung und
Verwüstung!

Und ich verfasse diese Gedankenstücke –
Zeilen meines Empfindens, meiner Meinung,
welche irgendwann so bedeutungslos sein werden,
weil im Laufe der Zeitgeschichte uns diese
Art der Freiheit genommen wird!

Seit dem Jahr 2020, der Beginn von Corona –
Da hat sich die Welt dermaßen verändert!
Viel mehr die Menschheit deren neue
Weltordnung und Strukturierung!

Eine neue Formation
Eine neue Weltordnung ist im Gange!
Und wir alle laufen blind und werden gesteuert,
bis wir allesamt völlig am Ende sind!